슬픔은 어깨로 운다

시작시인선 0232 슬픔은 어깨로 운다

1판 1쇄 펴낸날 2017년 6월 9일
1판 9쇄 펴낸날 2024년 4월 24일
지은이 이재무
펴낸이 이재무
책임편집 박은정
디자인 윤민정
펴낸곳 (주)천년의시작
등록번호 제301-2012-033호
등록일자 2006년 1월 10일
주소 (03132) 서울시 종로구 삼일대로32길 36 운현신화타워 502호
전화 02-723-8668
팩스 02-723-8630
홈페이지 www.poempoem.com
이메일 poemsijak@hanmail.net

ISBN 978-89-6021-323-4 04810
      978-89-6021-069-1 04810(세트)

값 11,000원

슬픔은 어깨로 운다

이재무

천년의 시작

시인의 말

　나는 길 위에서 시간을 보내는 경우가 많다. 살면서 가장 무서운 적이 외로움이라는 것을 알았을 때 나는 무엇보다 그것을 이겨낼 방편으로 걷는 일에 몰두하였다. 나는 걸으면서 깜냥껏 살아온 내 과거와 해후하기도 하고 아직 오지 않은 미래를 앞당겨 만나보기도 한다. 걸으면서 노변의 억센 수염처럼 돋아난 풀과 도열한 나무들과 서해를 향해 완만하게 걸어가는 강물을 바라보고, 자주 형상을 바꾸며 떠도는, 하늘 정원의 구름들을 올려다보고 또 오가는 행인들의 각기 다른 몸짓들과 표정들을 읽기도 하고 한가하게 낚싯대를 드리운, 시간을 초월한 강태공들의 여유를 쳐다보며 부러워하기도 한다. 또 큰비가 온 다음 날은 길가에 생겨난 웅덩이 앞에 앉아, 물거울을 다녀가며 화장을 고치기도 하고 마른 목을 축이기도 하는 온갖 사물들 예컨대 떠도는 구름, 언덕의 나뭇가지, 꽁지 짧은 새 등등을 훔쳐보기도 한다.

차례

시인의 말

해설

기도

기도란 무릎 꿇고 두 손 모아 하늘의 소리를 듣는 것이 아니라 바람 부는 벌판에 서서 내 안에서 들려오는 내 음성을 듣는 것이다

빗소리

빗소리에 젖는다 비에서 소리만을 따로 떼어내 바가지에 담고 양동이에 담고 욕조에 가득 채운다 소리를 퍼 올려 손을 닦고 발을 닦고 마음을 닦는다 소리를 방 안에 가득 깔아놓고 첨벙첨벙 걸어 다닌다 소리의 줄기들을 세워 움막한 채 짓는다

걸어 다니는 호수

소가 눈 들어 앞산을 바라보니

앞산이 호수에 잠긴다

눈 들어 하늘을 바라보니

구름이 잠긴다

소가 끔벅, 하고 눈을 감았다 뜨니

산이 눈을 빠져나오고

소가 또 끔벅, 하고 눈을 감았다 뜨니

구름이 빠져나온다

소는 느리게 걸어 다니는 호수를 가지고 있다

물자국

물자국은 물에 자국이 생겼다는 말

물에 상처, 물에 흉터가 생겨났다는 말

배 지나간 자리에 남는 자국이나 상처나 흉터를

재빠르게 꼬매고 지우는 물결

물이 쉴 새 없이 움직이는 것은

무수한 물의 상처, 물의 흉터 때문

파도가 철썩이는 소리를

물의 고통, 물의 신음으로 듣는다

뒤적이다

망각에 익숙해진 나이
뒤적이는 일이 자주 생긴다
책을 읽어가다가 지나온 페이지를 뒤적이고
잃어버린 물건 때문에
거듭 동선을 뒤적이고
외출복이 마땅치 않아 옷장을 뒤적인다
바람이 풀잎을 뒤적이는 것을 보다가
햇살이 이파리를 뒤적이는 것을 보다가
달빛이 강물을 뒤적이는 것을 보다가
지난 사랑을 몰래 뒤적이기도 한다
뒤적인다는 것은
내 안에 너를 깊이 새겼다는 것
어제를 뒤적이는 일이 많은 자는
오늘 울고 있는 사람이다
새가 공중을 뒤적이며 날고 있다

물소

　외출에서 돌아온 사내가 물소 가죽 위에 눕는다 순간 거
실은 거대한 늪이 된다 한 마리 물소가 몸통에 달라붙어 피
를 빨아대는 곤충들의 등쌀을 피해 늪 속에 들어가 목만 내
놓고 있다 늪은 죽음처럼 아늑하고 평화롭다 새근새근 들
숨 날숨 사내 얼굴 가득 구겨진 주름들이 펴지고 입꼬리엔
웃음이 매달려 있다 내일 아침 얕아진 잠이 살며시 그를 벗
어놓으면 또 늪을 빠져나와 등짝 가득 짐짝을 싣고 온 거리
를 오갈 것이다

공중의 주름들

    냇가 돌 빼낸 자리에 흐르는 물 잽싸게 몰려들듯이 한 가지에서 이파리와 꽃 피고 질 때 공중의 산재한 공기들 빠르게 흩어졌다 몰려든다 봄철의 공중엔 자주 주름이 생겼다 펴지곤 한다

고드름

처마 끝에 매달린 꽝꽝 언 고드름

술 마실 때마다 큰소리치는 아버지 허풍

둘 다 사나흘을 이기지 못하네

신

좁은 현관에 문수 다른

저 신들은 저마다 모시는 신들이 달라요

일요일이 오면

리본 단화는 절에 가시고

굽 낮은 플랫 슈즈는 교회에 가고

굽 높은 플랫폼 백화점 가고

해진 금강은 사우나 가고

나이키 운동화는 PC방을 찾을 거예요

그늘들

아침에 태어나 천 년을 살 것처럼 푸르게 일렁이다가 저녁에 죽는 하루살이들

그늘이 언제 보아도 풋풋하고 싱싱한 것은 날마다 새로이 태어나기 때문이다

비 울음

비 오는 밤 창문을 열어놓고

손 뻗어 빗소리를 만져봅니다

가만히 소리의 결을 하나둘 헤아려봅니다

소리 속으로 들어가 봅니다

소리 속에 집 한 채를 지을까 궁리합니다

기실 빗소리는 땅이 비를 빌려 우는 소리입니다

저렇게 밤새 울고 나면

내일 아침 땅은 한결 부드럽고

깨끗한 얼굴을 내보일 것입니다

비 오는 밤 창문을 열어놓고

손 뻗어 땅의 울음을 만져봅니다

밑줄을 긋다

구름을 밀며 나는 새의 날갯짓에 밑줄을 긋는다

바람 없는 날 비단실처럼 흐르는 강물에 밑줄을 긋는다

자라처럼 목을 어깨 속에 감추고

언덕길에 질질 숨 흘리는 노인의 신발 뒤축에 밑줄을 긋
는다

공중의 백지에 일필휘지하는 붓꽃 향기에 밑줄을 긋는다

늦은 밤 방범창을 타고 넘어오는

이웃집 여인의 가느다란 흐느낌에 밑줄을 긋는다

하늘 정원에 핀 별꽃 문장에 밑줄을 긋는다

엎지르다

저녁을 먹다가 국그릇을 엎질렀다
남방에 튀어 오른 얼룩을
수세미에 세제를 묻혀
박박 문질러 닦다가
문득 지난날들이 떠올려졌다

살구꽃 흐드러진 봄날
네게 엎지른 감정,
울음이 붉게 타는 늦가을
나를 엎지른 부끄럼
시간을 엎지르며 나는 살아왔네
물에 젖었다 마른 갱지처럼
부어오른 생활의 얼룩들

구름 공장의 직원이 되어

　구름 공장에 취직해볼까 구름 공장에서는 결코 같은 제품을 만들어내는 법이 없다네 구름 공장에서는 마음만 먹으면 무엇이든 만들어낸다네 구름 공장에서 만든 물품은 그냥 관상용이라 절대 내다 팔 수 없다네 과잉이 없고 독과점 없는 이 공장에서는 정규직 비정규직 구별이 없고 정해진 시간 없이 제 내킬 때 일을 하고 퇴근한다네 눈비 오는 날 구름 낀 날은 휴무이고 평생 고용이 가능해서 해고가 없다네 내 여생은 구름 공장 직원으로 살면서 원 없이 실컷 자연이나 생산할거나

할머니의 밥

어릴 적 우리 집 가축들은

할머니 욕설을 퍽이나 좋아하였다

할머니가 욕설을 퍼부어대면

우리 안 돼지는 꿀꿀거렸고

외양간 소는 워낭을 흔들었고

장 속 토끼는 귀를 쫑긋 세웠고

마당 닭들은 꼬꼬댁 날갯짓을 쳐댔다

구시렁구시렁 할머니는

돼지에게, 소에게, 토끼에게, 닭들에게

먹이를 주면서 한 번도 욕을 거르지 않으셨다

채전 채소들도 쑥쑥,

나와 형제들, 한마을 동무들도

무럭무럭 키가 자랐다

살구나무에 대하여

나무 중에서 가장 살가운 나무

나무 가운데 사람에 가까운 나무

상처가 제일 많은 나무

신맛과 단맛의 경계가 뚜렷한 나무

누군가 그리울 때 떠오르고

이별이 아플 때 떠오르는 나무

봄여름을 살려고 기꺼이 가을과 겨울을

견디는 나무 아아, 내가 태어나

맨 처음 만난, 엄니 살결을 닮은 나무

있었다. 나의 심장은

어느 날 나의 심장은 우울과 슬픔을 펌프질하고
어느 날 나의 심장은 기쁨과 황홀을 펌프질하고
어느 날 나의 심장은 초조와 불안을 펌프질하고
어느 날 나의 심장은 증오와 분노를 펌프질하고
어느 날 나의 심장은 고요를 새근새근 되새기고

집이 앓는 소리를 들었다

어느 날 밤 나는 집이 앓는 소리를 들었다

어느 날 밤 나는 집이 우는 소리를 들었다

어느 날 밤 나는 집이 웃는 소리를 들었다

어느 날 밤 나는 집이 벌컥 화내는 소리를 들었다

어느 날 밤 나는 집이 부르는 노래를 들었다

집을 비우기 위해 집을 나서는 집을 보았다

집 나간 집이 밖에서 집을 바라보는 것을 보았다

어느 날 밤 나는 집이 나를 꾸짖는 소리를 들었다

어느 날 밤 나는 집이 기도하는 소리를 들었다

산 발자국

비 다녀간 산길
오르다가
길가 지워지다 만,
낮달처럼 희미한,
발자국 하나를 보았네
귀의 형상을 한
그 발자국 속으로
그늘이 고이고
바람이 고이고
새소리가 고이고
밤이면 달빛,
별빛도 고이겠지
오가는 발소리
쫑긋, 귀 세워 듣겠지

배냇짓

　나뭇가지 이파리들은 바람이 와서 저를 흔들어대는 것이
싫지 않은 모양이다 물리지도 않는지 바람이 흔들 때마다
이파리들은 자지러지게 몸을 흔들며 웃는 것이다 바람과 이
파리들은 저 짓을 만 년 전부터 해오고 있다 나는 저들의 무
구한 놀이를 사람에게서 본 적이 있는데 갓 태어난 아이의
배냇짓이 꼭 그러하였다

나무와 물고기

메콩강에 우기가 오면

물고기들은 강안으로 올라와

수피와 열매 먹으며 나날을 연명하지만

건기가 오면 미처 빠져나가지 못한

물고기들 죽어 초목의 질 좋은 거름이 된다

순환으로 영생을 꿈꾸는 나무와 물고기들

불어오는 바람에 나뭇잎들 팔랑팔랑 나부낄 때마다

물고기들 은빛 비늘이 반짝인다

생사의 거리

숟가락 엎어놓으면

그 형상 무덤 같다

생사의 거리가

이만큼 가깝고 멀다

숟가락 엎는 날

죽음이 마중 오리라

혹

난쟁이의 등에 난 혹을
사람들은 흉측하게 여겨
떼어냈으면 하는 발칙한 생각도
하는 모양이더라만 아서라,
혹을 캐내면 그는 죽은 목숨
뿌리는 그의 몸 전체에 뻗어 있다

누구나 존재의 혹을 지니고 산다
다혈질인 나도 내성적인 너도

악기점

몸속 우후죽순 들어선 악기점

저마다의 빛깔로 악기들은 울어댑니다

세상 소음들을 밀어내려고

쟁쟁쟁 배고픈 악기들이 울고

나는 음을 조율하는 악사가 되어

자꾸만 칭얼대는 수많은 나를 달래봅니다

나는 세계인

나는 다국적 죽음을 먹고 산다
오늘 아침은 중국산으로 해장을 했고
어제저녁은 호주산 안주로 술을 마셨고
그제 점심은 북유럽산으로 배를 채운 뒤
후식으로 동아시아산을 챙겨 먹었다
내일은 일본산, 칠레산이 식탁에 오를 것이다
다국적 죽음은 일용할 양식
나는 세계인답게 편식을 하지 않는다

물수제비

아침이나 저녁 호수에 나가 물수제비를 뜬 적이 있다.

수면에 배를 깔고 수평으로 아슬아슬 날아가다가

물속으로 가라앉는 돌멩이들

돌이켜보면 내 지난날이 그러하였고

오늘과 내일이 또한 그러할 것이었다.

물에 닿는 찰나의 경이가 사는 동안의 축복이리라.

그러나 그 어떤 돌멩이도 수면과 영원히 동행할 수는 없다.

나와 당신이 던진 돌들을 삼킨 호수가 저기 있다.

단동에서

강 건너가 의주라 한다
빌려 탄 배로 가까이 가서
아낙 서넛 드러난 쇄골과
키 작고 여윈 초병들을 보았다
그제는 백두산 천지를
어제는 광개토왕비와
장수왕 능을 읽고 왔는데
오늘은 캄캄한 가난을 마주하고 있구나
강에는 오리 떼,
하늘에는 흰 구름들이
한가롭게 국경을 넘나드는데
이방인으로 찾아온 나는
어둠이 고이는 저녁 풍경을
눈이 아리도록 바라다본다

정선 골짝에 들어

남부여대 같은 살림일랑
작파해버리고
물정 모르는 여자 하나 꿰차고
정선 싸릿골 골짝에 숨어 들어가
숯 구우며 한세상 살고 싶어라
귀 닫고 입 닫은 채
산이나 캐 먹으며 살고 싶어라
여자가 아궁이에 불 지필 때
숱 많은 머리 빗겨주거나
수제비나 뜨며 살고 싶어라
나는 장작을 패고
여자는 나물 다듬다
눈 마주쳐 불쑥,
짐승 도지면 그냥 그 자리
한 몸으로 엉켜 산천이 울리도록
쿵쿵 큰 숨 몰아쉬고 싶어라

계란과 스승

아주 오래전의 일입니다. 6학년 학기 초 담임 선생님이 부르셔서 갔더니 내일부터 매일 당신에게 계란을 갖다 바치라는 거였습니다. 앞이 캄캄했습니다. 당시는 계란이 참 귀물이어서 물물교환으로 사용이 가능했었습니다. 어느 안전인데 선생님 말씀을 어길 수 있었겠어요? 울며 겨자 먹는 심정으로 식구들 몰래 계란을 훔쳐 선생님께 드렸습니다. 암탉들이 알 낳는 곳을 염탐했기에 가능했습니다. 이러구러 시간이 흘러 2학기 말 무렵이었습니다. 열 마리였던 닭들이 그새 하나둘 제사용으로 손님용으로 잡아먹히게 되어 한 마리도 남아 있지 않게 되었습니다. 계란을 빠뜨리는 날이 늘어나자 선생님이 부르셨습니다. 울먹이면서 사정을 말씀드렸더니, 선생님께서 가늘게 떠는 어깨를 감싸 안아주었습니다. 괜찮다. 이제 그만 가져오너라. 그리고는 책상 서랍을 열어 봉투 하나를 꺼내주었습니다. 통장이었습니다. 그동안 네가 가져온 계란 값이다. 나도 좀 보탰다. 그거면 중학교에 갈 수 있을 게다. 그렇게 해서 그녀는 중학교에 갈 수 있었고 어찌어찌해서 고등학교까지 마칠 수 있게 되었습니다.

오르막길

오르막길이 많은 동네에서 산 적이 있다

오르다 쉬고 쉬었다 다시 올라야 하는

오르막길을 숨 질질 흘리며 오르다 보면

몸에 깊숙이 박힌 증오의 못들이 뽑혀 나왔다

불쑥, 아득히 멀어졌던 과거가 튀어나오고

주인을 알 수 없는 전화번호가 떠오르기도 하였다

노래를 부르면서 오르는,

입안에 고인 욕설 가래처럼 내뱉으며 오르는

오르막길 오르내리며 나는

천천히 걷는 법과 느리게 살 줄 아는 인간이 되었다

장마

한두 시간이 아니라 작심한 듯
한 사흘 비가 중얼중얼 줄기차게 퍼부어댈 때
불 나간 방에 눈 감고 누워 있으면
감각의 덩굴들 손 뻗어 비의 살에 닿으려 아우성이다
비가 내려와 바닥을 만지면서
내는 소리의 실금들이 보이고
또 비의 몸에서 나는 비린내가
슬금슬금 번지어가는 모양이 손금처럼 적나라하다
캄캄한 동굴에 한 마리 길짐승으로
엎드려 귀 쫑긋 열어놓으면
바깥에서 피우는 온갖 소리와 냄새의 꽃들 환하다
천 리 밖 남향집 모처럼 일에서 놓여난
소가 워낭 흔들며 우물우물 여물 넣어 삼키는
소리의 목젖이며 마루에 둘러앉은
입성 초라한 식구들 이른 저녁으로
후루룩 국수 말아 먹는 가난한 식욕이 보이고
젖어 구겨진 보리대궁을 펴 지핀 매운 연기로
쪄낸, 대바구니 속 햇감자의 고순내가
는개처럼 퍼져와 마음의 담장 안에 축축하다
한두 시간이 아니라

한 사흘 비가 줄기차게 퍼부어댈 때
나는 꼼짝없이 털갈이하는 짐승이 된다

흙탕물

흙탕물은 흙의 감정일까, 비의 감정일까,

저토록 격렬한 포옹을 본 적이 없다.

난 탕을 좋아하는 편이지만 흙탕물은 아직 맛을 보지 못
했다.

나무들 풀잎들은 흙탕물이 싫지 않은 모양이다.

계단

계단은 음을 조율하느라 여념이 없다

낡고 오래된 무릎 관절을 튕겨

검은 저음의 울음을 토해내고 있다

폭포

울고 싶을 때
소리 내어 크게 울고 싶을 때
폭포를 찾아간다
나신으로 우뚝 서서,
천지 분간을 모르고
낮밤 없이 뛰어내리는
투명한 울음들
사정없이 휘둘러대는
하얀 회초리
질정 없이 흔들리는 마음
실컷 두들겨 맞기 위해
폭포를 찾아간다
폭포는 산의 감정
폭포가 아니었다면
산도 자주 안색을 바꾸었을는지 모른다

구정물 통 속의 별

한여름 밤 시골집에서 무심코 돼지우리 밖 구정물 통 속을 들여다보다가 깜짝 놀랐어요. 별 하나가 그 속에 천연덕스럽게 들앉아 있다가 저도 나를 보고 깜짝 놀랐는지 눈을 동그랗게 뜨고 있지 뭐예요.

나무들도 울고 싶을 때가 있을 것이다

나무들도 울고 싶을 때가 있을 것이다.

나무들이라 해서 왜 평생을 감정 없이 살아가겠는가.

나무들도 울고 웃고 싶어서

먼 곳의 바람과 비를 불러들여 나부끼고

저렇게 가지와 이파리마다

방울방울 눈물을 매달아 놓고 있는 것을

붙박이 생이라 해서 왜 바깥에 대한 동경이 없겠는가.

비와 바람은 나무들의 우체부.

나무들이라 해서 왜 노래가 없겠는가.

나무들이라 해서 왜 꿈이 없겠는가.

나무들이라 해서 왜 여행을 모르겠는가.

나무들이라서 이 모든 게 더욱 간절하다는 것을 왜 모르

겠는가.

간간히 바람이 불고 불쑥 비가 찾아오는 것이

자신들 때문이라는 것을 어찌 모르겠는가.

고요

소쩍새가 울고 난 뒤 벌레 먹은 풋감이 떨어진다.

고요가 데굴데굴 굴러가다가 담장 아래 구석에 머문다.

여기저기서 몰려든 까만 고요 새끼들이 막 끓기 시작한 냄새를 물어 나르고 있다.

고요는 힘이 세다

고요는 힘이 세다 고요를 당해낼 자는 아무도 없다. 제 주장을 하지 않아 늘 소음에 시달리고 주눅 들고 내몰리는 것 같지만 고요가 패배한 적은 없다. 제풀에 지쳐 소음이 나뒹굴 때 공간을 차지하는 것은 고요다. 고요는 사라지지 않는다. 보아라, 고요가 울울창창 우거진 세계를!

날개 없는 울음들

둠벙이 얼어붙고 나서 날마다 사고가 생겨나기 시작하였
습니다. 둠벙 옆 미루나무 가지에 와서 직박구리가 울면 동
그란 울음소리가 바닥에 떨어져서는 자꾸만 미끄러지는 것
이었습니다. 울음 방울들은 일어서다가 미끄러지고 또 일
어서다가 미끄러지기를 반복하였습니다. 그렇게 얼음 바닥
을 굴러다니는 새 울음들이 한 소쿠리는 될 듯합니다. 퍼
렇게 멍이 든 울음들, 빨간 피를 흘리는 울음들, 날개 없는
울음들이 봄이 오자 파랗게 움으로 돋아나고 있었습니다.

물렁하다와 물컹하다

찰흙처럼 밀가루 반죽처럼 씹고 있는 껌처럼

애기 살처럼 여인의 젖처럼 물렁하고 물컹한 것들

야들야들하고 부드럽고 무른 것들

모나지 않고 뾰족하지 않아서 무엇을 찌르거나

누구를 아프게 하지 못하는 것들

물렁하다는 것은 받아들이고 변할 수 있다는 것이다

물렁하다는 것은 녹일 수 있다는 것이다

액체에 가까운 물렁,

촉각과 친연한 물컹은 여리지 않다

리어카 바퀴

리어카 바퀴를 보면 숙연해진다

자전거 바퀴를 보면 경쾌해지고

오토바이, 자동차, 기차 바퀴를 보면 어지럽고 섬뜩해진다

세상은 갈수록 빠르게 구르는 바퀴를 선호하지만

나는 리어카 바퀴를 따르고 싶다

힘들이지 않으면 구르지 않는,

사람의 걸음과 보폭이 나란한,

짐의 무게에 민감한,

오르막길엔 끙끙대며 땀을 뻘뻘 흘리다가도

내리막길엔 제법 속도를 낼 줄 아는,

평지에서도 표정이 없는,

추월을 모르는,

새치기하지 않는,

고지식한,

여생을 나는 저 바퀴와 함께하리라

졸음

　보채는 몸속의 잠을 눈으로 자꾸 뱉어내다 보니 눈가에
눈물이 살짝 고이고 거기로, 냇물 속 벗은 발목에 소소소
몰려와서는 조동아리로 살을 물어대던 치어들처럼 내보낸
졸음의 물고기들이 다시 몰려와 지느러미를 흔들어대며 헤
살 짓고 있네

아지랑이

땅속에서 꼬물꼬물 끝도 없이

기어오르는 저것은

땅속의 속울음일 것이다

땅의 긴한 말일 것이다

하늘에 닿으려는 저 줄기찬 몸짓이

땅에 속한 것들에 푸른 숨 불어넣고 있다

낭창낭창 휘청휘청

곡선의 부드러운 혀에 감겨

가지가 뻗고

초록이 번지고

펑펑 폭죽처럼 꽃들이 터진다

땅의 울음과 말이 활활 타오르고 있다

나는 벌써

　삼십 대 초 나는 이런 생각을 하며 살았다 오십 대가 되면 일에서 벗어나 오로지 나 자신만을 위해 살겠다 사십 대가 되었을 때 나는 기획을 수정하였다 육십 대가 되면 일 따위는 걷어차 버리고 애오라지 먹고 노는 삶에 충실하겠다 올해 예순이 되었다 칠십까지 일하고 여생은 꽃이나 뒤적이고 나뭇가지나 희롱하는 바람으로 살아야겠다

　나는 벌써 죽었거나 망해버렸다

돈 사야

올봄엔 보리밭 이랑이랑 날아다니며 몰카 찍어대는 새들에게 스카프를 사 안겨야겠다. 그녀들이 재잘대는 소리로 세상의 온도가 높아지니 이 얼마나 기특한 일이냐. 밭두렁 구멍 속을 쉴 새 없이 들락거리는 들쥐들에겐 면양말을 사 신겨야겠다. 그 애들이 아니라면 빈 들이 얼마나 적적하겠느냐. 봄 가기 전 어디 가서 헐값에 몸이라도 팔아 돈 사야겠다.

만추

    가을은 오랑캐처럼 쳐들어와 나를 폐허로 만들지만 무장
해제당한 채 그저, 추억의 부장품마저 마구 파헤쳐대는 무
례한 그의 만행을 속수무책으로 지켜보고 있어야 하는 나는
서러운 정서의 부족이다.

십일월

십일월은 의붓자식 같은 달이다.
시월과 십이월 사이에 엉거주춤 껴서
심란하고 어수선한 달이다
난방도 안 들어오고
선뜻 내복 입기도 애매해서
일 년 중 가장 추운 달이다
더러 가다 행사가 있기는 하지만
메인은 시월이나 십이월에 다 빼앗기고
그저 해도 그만 안 해도 그만인
허드레 행사나 치르게 되는 달이다
괄호 같은 부록 같은 본문의 각주 같은
산과 강에 깊게 쇄골이 드러나는 달이다
저녁 땅거미 혹은 어스름과 잘 어울리는
십일월을 내 영혼의 별실로 삼으리라

백색의 계엄령처럼

사일레노 같은 눈이 내린다
사리돈 같은 눈이 내린다
아스피린 같은 눈이 내린다

알약 같은 눈이 내린다
마리화나처럼 내린다
헤비메탈처럼 내린다

서러운 게토 위에
백색의 계엄령처럼
눈이 내린다

지퍼에 대하여

　지퍼가 열렸다 해서 몸의 속이 다 보이는 것은 아니다. 지퍼는 열리기 위해 존재하지만 닫혀 있을 때 더 지퍼답다. 지퍼가 자주 열리는 사람은 몸이 성치 않거나 외로운 사람이다. 입은 몸의 지퍼다.

아침 산책

비 다녀간 아침 산길

차돌처럼 단단해진 공기

새들의 음표는 통통 튀고

살 내린 산의 쇄골 또렷하고

골짝 물은 변성기 소년처럼

소리가 괄괄하다

아직 형상이 남아 있는 발자국 하나

나뭇잎 새로 떠오른 햇살에

젖은 몸 털고 있다

우거지다

　공중엔 삼림처럼 빽빽하게 정적이 우거지고 있다. 언젠
가 저 공중을 느리게 산책할 날이 올 것이다.

허공

1.

허공을 찢어 꽃이 피어날 때 파문이 일고 공중이 두근거리기 시작한다.

2.

공중에서 팔랑팔랑 떨어져 내리고 있는 나뭇잎을 다치지 않게 하려고 뒤를 받쳐주고 있는 허공. 나뭇잎 지나간 자리 파문이 일다 지워진다.

3.

허공에는 아무것도 없는 게 아니다. 허공에는 고요가 우거져 있고 무가 들어차 있고 무한이 펼쳐져 있고 허와 공이 있다. 허공은 무너지지 않는다. 모든 존재의 어머니이자 고향인 허공. 고뇌에 찬 그대가 자주 하늘을 올려다보는 것도 이 때문이다.

4.

종지기의 마음과 자세에 따라 종소리의 색감과 강도가 다르다. 기도가 간절할수록 더 푸르게 더 멀리 가는 종소리. 염원이 깊을수록 더 푸르게 더 높이 나는 종소리. 먼저 나

온 종소리가 나중 나온 종소리를 이끌고 나중 나온 종소리
가 먼저 나온 종소리를 밀면서 소리는 더 높아지고 깊어진
다. 청동의 벽을 박차고 나온 종소리, 종소리들 허공에 활
짝 꽃을 피우고 있다.

지갑에 대하여

어릴 적에는 호주머니가 지갑이었지
구슬이나 딱지 그리고 때 묻은 손이 드나들 적마다
함께 따라 들어온 먼지 한 움큼이 들어 있었지
쏘다니고 싶은 곳 많아 주머니에 두 손 찔러 넣고
휘파람 불며 집 밖을 자주 떠돌아다녔지

나이 들어서 생긴 가죽 지갑 속에는
사진과 명함, 주민증과 카드들이 한가득 들어 있지
갈 곳 많아도 지갑 없이는 함부로 집 밖 나설 수 없지
한 생을 끌고 다니는 지갑
두툼해질수록 내 영혼 여위어갔지

저녁 종소리

울타리 너머에서 들려오는 저녁

종소리 한쪽 귀로 들어와 한쪽 귀로

빠져나가는 날이 많았지만

두 눈으로 흘러들어와 한참을 머물다

양쪽 귀로 나가는 날도 있었다.

그런 날은 두 눈을 꼬옥 감아도

치어 떼처럼 몰려와

옴찔옴찔 한사코 눈꺼풀 열어젖혀

파고들어 와서는

몸 안 구석구석을 헤엄치고 다니며

은빛 잔물결을 일으키고는 하였다.

낙법

가을은 타고난 씨름 선수

번번이 나를 쓰러뜨리네

나이 들수록 낙법이 느네

폭설

    하느님도 가끔은 어지간히 심심하셔서 장난기가 발동하
시나 보다. 지상에 하얀 도화지 한 장 크게 펼쳐놓으시고서
인간들을 붓 삼아 여기저기 괴발개발 낙서를 갈기시는 걸
보면. 그리고는 당신이 보시기에도 그 낙서들 너무 심란하
고 어지러우면 한 사흘 뒤 햇살이나 비 지우개로 박박 문질
러 말끔하게 지우시는 걸 보면.

퇴근길

집으로 오는 골목길, 할머니 한 분이 여기저기 널브러진 쓰레기들을 주워 마대 자루에 담고 있었다 그걸 보고 벤치에 앉아 담배를 피우던 할아버지가 신칙을 하였다

거, 돈 받고 쓰레기 치우는 이들이 있는데 왜 괜한 일을 하는 거요?
지저분하니 치우는 거예요
돈 받고 하는 이들이 하게 놔두지 그래요?
누가 하면 어때요? 깨끗하면 됐지
아, 돈 받고 하는 이들이 하게 놔두지 왜 사서 고생이람?
안 보면 모를까 어떻게 더러운 걸 보고 안 치워요?
참내, 돈 받고 하는 이들은 두었다가 무엇에 쓰게 그 짓이람?

내 눈에는 두 노인이 말싸움을 하는 게 아니라 쓰레기를 핑계로 사랑 놀음을 하는 것으로 보였다 성큼 골목을 돌아나가는 저녁의 뒷등을 쫓아 나는 투덜대는 무릎을 달래며 걸음을 재촉하였다

후생後生

후생은 마도로스로 살아가리라
가정 같은 건 꾸미지 않으리라
각 나라 항구마다 안개처럼 나타나서

염문을 뿌리고 고양이처럼 사라지리라
무엇에도 얽매이지 않고
바람처럼 떠돌다가 거품처럼 사라지리라

서너 개의 외국어를 익히고
아코디언 연주로 향수를 달래리
매일 아침 구두를 닦고 상아 파이프로 담배를 피우리

삶은 짧고 추억은 깊으니
오직 현재에만 몰두하리라
마음껏 아름답게 시간을 낭비하리라

나는 표절 시인이었네

　나는 표절 시인이었네 고향을 표절하고 엄니의 슬픔과 아부지의 한숨과 동생의 좌절을 표절했네 바다와 강과 저수지와 갯벌을 표절하고 구름과 눈과 비와 나무와 새와 바람과 별과 달을 표절했네 한 사내의 탕진과 애인의 눈물을 표절하고 기차와 자전거와 여관과 굴뚝과 뒤꼍과 전봇대와 가로등과 골목길과 철길과 햇빛과 그늘과 텃밭과 장터와 중서부 지방의 사투리를 표절했네 이웃과 친구의 생활을 표절했네 그리고 그해 겨울 저녁의 7번 국도와 한여름의 강진의 해안선을 표절했네 나는 표절 시인이었네

너무 큰 슬픔

눈물은 때로 사람을 속일 수 있으나 슬픔은 누구도 속일 수 없다. 너무 큰 슬픔은 울지 않는다. 눈물은 눈과 입으로 울지만 슬픔은 어깨로 운다. 어깨는 슬픔의 제방. 슬픔으로 어깨가 무너지던 사람을 본 적이 있다.

고려장

　나는 늙고 지쳐서 가죽 포대가 형편없이 늘어난 나를 지게에 지고 깊은 산골짜기에 들어가 잽싸게 부려놓고는 누가 볼세라 서둘러 내려왔다. 허둥지둥 급하게 내려오느라 자꾸만 신발이 벗겨지는 나를, 함부로 버려진 내가 멍하니 바라보고 있었다. 나를 유기하고 집으로 돌아온 나는 주방 식탁 의자에 시치미 딱 떼고 앉아 아내가 차려주는 밥 한 그릇 후딱 해치워 버렸다.

목욕탕 수건

얼마나 많은 몸뚱어리를 다녀온 면수건인가
누군가의 사타구니와 겨드랑이와 등짝과 발바닥을
닦았을 면수건으로 머리를 털고 얼굴을 닦는다
내 사타구니와 겨드랑이와 등짝과 발바닥을
닦은 이 면수건으로 누군가는
지금의 나처럼 언젠가 머리를 털고 얼굴을 닦을 것이다
목욕탕 면수건처럼 사람들의 속살을
구석구석 살갑게 만나는 존재도 없을 것이다
면수건처럼 추억이 많은 존재도 없을 것이다
면수건처럼 평등을 사는 존재도 없을 것이다
닦고 나면 무참하게 버려지는 것들이
함부로 구겨진 채 통에 한가득 쌓여 있다

눈부처

　지하철 전동차에서 날마다 만나는 낯익은 듯 낯선 이들이여, 한 시절을 흔들리며 네 앉은 자리 내 앉고 내 앉은 자리 네 앉고 또 너 서 있던 자리 내 서 있고 내 서 있던 자리 너 서서 가는, 한 세월 동안 네 날숨 내 들숨 되고 내 날숨 네 들숨 되는, 가만히 눈 들면 네 눈 속에 내 얼굴 들어 있고 내 눈 속에 네 얼굴 들어 있는 우리는 서로가 서로에게 눈부처가 아니냐 생각하면, 생각하면, 생각을 하면!

귀

　귀는 주장하지 않는다 귀는 우리 몸의 가장 겸손한 기관 귀는 거절을 모른다 차별이 없다 분별이 없다 눈과 코와 입이 저마다 신체의 욕망과 감정을 경쟁하듯 내색하고 드러낼 때 귀는 몸 외곽 외따로 다소곳하게 서서 바깥의 소리만을 경청하며 운반하느라 여념이 없다 입구가 출구이고 출구가 입구인 눈 코 입과는 달리 입구의 운명만이 허용된 귀 오늘도 어제처럼 고저장단의 소리를 소리 없이 실어 나르고 있다

농부의 아들

농부의 아들로 태어났다
가난이 싫어 고향을 떠났다
숙식을 찾아 도시의 거리와
골목을 헤매었다
낯선 이들을 만나
인연을 맺고 풀었다
여자와 살림을 차려
아들을 얻었다
웃는 날도 있었지만
우는 날이 더 많았다
영혼의 나무에
상처와 함께 옹이가 박혔다

다듬이 소리

　겨울밤에 울려 퍼지던 엄니의 다듬이 소리가 그립다. 다듬이 소리를 듣고 있으면 그날, 그날의 엄니의 심사를 읽을 수 있다. 엄니의 다듬이 소리는 소리의 고저와 장단으로 엄니의 감정 지수를 전해준다. 엄니의 다듬이 소리가 키 작은 담장을 넘어 마을의 고샅길로 나선다. 이웃집 아줌마, 윗말 사는 당숙모 다듬이 소리도 사립을 빠져나오고 있다. 소리들이 깍지를 끼고 소리들이 어깨동무를 하고 소리들이 팔짱을 낀다. 그리하여 밤하늘에 울려 퍼지는 울음의 교향악에 별들이 반짝반짝 눈빛들을 빛내고 달빛은 하얗게 쌓인 눈밭에 그렁그렁 스민다. 컹 컹 컹 짖는 개 소리도 부엉부엉 우는 부엉이 울음도 다듬이 소리들이 세운 울타리를 넘지 못한다.

살(肉)

살은 육체의 어머니

열매의 껍질과도 같은 것

다 익은 열매의 껍질이

두껍고 딱딱하고 질기고 날카로운 것은

연하고 부드러운 알맹이 때문

당신이 살가운 여자를 벗고

강인한 어머니로 갈아입고 사는 것도

애틋한 자식들 때문

사람의 살이 나이 들수록 검고 주름진 것은

살 속 기관들 때문

살은 육체의 어머니

사과 택배

홍옥이 내게로 왔다

봄부터 가을까지 근면하게 살아온

둥근 것들이 내게로 왔다

푸르게 시작해서 붉게 익은 생들이

내게로 와서 기꺼이 맛을 권한다

한 박스의 가을

완전한 느낌표들이

주렁주렁 담겨서 내게로 왔다

개구리 울음

여름밤 들길을 걸을 때 나는, 길바닥으로 기어 올라와 달려드는 무수한 개구리 울음소리들을 밟지 않으려 얼마나 노심초사하였던가. 그런 날 밤에는 대기 속으로 데굴데굴 굴러다니던 울음소리들이 능선을 타고 내려오는 별빛을 만나 영롱하게 반짝이는 것을 보기도 했다.

언년이

내 어릴 적 소녀 언년이 잘 살고 있을까. 하고많은 세상 이름 중에 변변찮게 불리던 언년이. 입성은 추레해도 웃음은 제일 크고 환해서 한밤에도 웃으면 골목이 밝아지곤 하였지. 누구나 다 가는 고등학교도 못 가고 중학교를 끝으로 상점 점원 하러 대처로 떠난 뒤 여태도 소식을 모르는 언년이. 내 십 대 중반의 가슴을 두근두근 뛰게 만들었던, 초여름 밤 지붕 위 박꽃 같았던 언년이. 이름을 바꿔 살까. 문득문득 눈에 밟히는 언년이. 어디에 살든 아프지 마라.

수제비

한숨과 눈물로 간 맞춘
수제비 어찌나 칼칼, 얼얼한지
한 숟갈 퍼 올릴 때마다
이마에 콧잔등에 송송 돋던 땀
한 양푼 비우고 난 뒤
옷섶 열어 설렁설렁 바람 들이면
몸도 마음도 산그늘처럼
서늘히 개운해지던 것을

살비듬 같은 진눈깨비 흩뿌려
까닭 없이 울컥, 옛날이 간절해지면
처마 낮은 집 찾아 들어가 마주하는,
뽀얀 김 속 낮달처럼 우련한 얼굴
구시렁구시렁 들려오는
그날의 지청구에 장단 맞춰
야들야들 쫄깃 부드러운 살
홀짝홀짝 삼키며 목메는 얼큰한 사랑

안분지족

구만리 장천을 나는 붕새가 부럽기는 하다마는 애당초 뱁새로 태어난 것을 어찌 감히 저 높고 큰 경지를 넘볼 수 있으랴. 다만 지난날 내 어리석은 소견으로 당신의 큰 뜻 헤아리지 못하여 비웃고 헐뜯은 것을 자책할 따름인뎌. 지금까지 그래왔듯 오늘과 내일에도 나는 무명의 잡새로 살며 무수한 잡새들과 더불어 이 작은 숲을 세계의 전부로 알고 이리저리 날고 솟구치고 짓고 까불며 살아가리.

붕새, 너는 이후로도 책 속에서 나오지 못할 것이다.

내 안의 적들

고양이의 폭정에 시달려온 쥐들이 모여
숙의를 거듭한 끝에
다른 고양이를 자신들의 대표로 선출하였다
다음 날부터 쥐들은 다시 쫓기는 신세가 되었다

보통의 인간은 엇비슷하던 이웃이
자신보다 잘나갈 때 고통과 불안을 느낀다
노예들은 주인을 경원하거나 질투하지 않는다
그들을 참기 힘들게 하는 것은
천출 벗은 자가 무리 앞에 우뚝 서 있을 때다
이때 이들은 모욕을 넘어 분노를 느낀다
열 마리 백 마리 천 마리 만 마리 쥐 떼가
한 마리 사자를 당해낼 수 없듯이
수백수천만 노예가 주인 몇을 쓰러뜨리지 못한다
역사는 기록에 대한 수사를 발전시켜 왔을 뿐이다
진보 유전자를 지니고 산다는 일은
그 자체로 멍에이며 스스로 불행지수를 높이는 일이다
민중론자들 중에는 자신들보다 열등한 자들을
은근, 노골적으로 무시하고 배제하려는
못된 버릇과 심리를 지닌 이들도 있다

내 안의 부당한 적들과 싸워 이기지 못한다면
우리가 꿈꾸는 세상은 책 속에서나
반짝일 뿐 끝내 맨 얼굴을 보이지 않을 것이다

국화 앞에서

이 많은 국화 송이들은 어디에서 왔을까

봄에 우는 소쩍새와

먹구름 속의 천둥과

가을 무서리와

아무런 상관없이

공장에서 한꺼번에 부화되는 병아리같이

한날한시에 태어나

생의 긴 여정을 생략한 채

매캐한 향불 연기 자욱한

영정 사진 앞에 도열해 있는

순교의, 흰 모가지여, 모가지여, 모가지여

소음의 유령들

터널 속에는 부유하는 소음들이 가득 들어차 있다 출구를 찾지 못해 떠도는 부랑하는 소음들 노숙하는 소음들이 새까맣게 여기저기 벽과 천장에 박쥐처럼 매달려 있거나 폐지처럼 함부로 널브러져 있다 소음들의 형무소, 소음들의 병영인 터널 속에는 장애를 앓는 소음들이 갇혀 산다 궁핍하고 불우한 인간의 한평생이 그러하듯이 터널 속 소음들의 운명은 정해져 있다 형기를 마치고 더러 운 좋게 출옥하는 소음들이 있지만 대개는 한번 갇히면 죽어서야 소음을 벗어날 수 있다 동굴처럼 깊고 캄캄한 터널 속에는 소음의 유령들이 살고 있다

입

입은 말의 항문이다. 배설물이 쏟아지지 않도록 괄약근
을 조여라.

애국자

나는 수수, 담백한 맛의 밀개떡과 씹을수록 소소하게 단
맛이 우러나는 수수팥떡과 양푼에 담긴 삶은 감자를 좋아
한다. 나는 입천장을 살짝 데운 뒤 목젖을 타고 넘어가는
은근, 구수한 맛의 시래깃국과 까닭 없이 울컥, 옛날이 그
리워질 때면 찾게 되는, 얼큰 수제비를 좋아하고 한가하고
적적한 날 소면을 삶아서 우려낸 멸치 국물에 갖은 양념을
한, 결연과 장수의 뜻을 지닌 가는 국수 먹는 것을 좋아한
다. 나는 적막한 저녁 소반 위에 놓인 들쩍지근한 무밥*을
좋아하고 속풀이 해장으로 먹는 올갱이국과 되직한 된장국
과 맵고 칼칼한 칼국수를 콧등에 땀이 송송 돋도록 먹는 것
과, 동짓날 새알 팥죽 떠먹는 것과 인절미에 곁들여 먹는 살
얼음 동동 뜬 동치미를 좋아한다. 나는 조석으로 밥상에 번
갈아 올라오는 슴슴한 가지나물, 고사리나물, 콩나물, 명
이나물, 톳나물, 돌나물, 시금치나물, 취나물, 숙주나물을
좋아하고 냉이무침, 달래무침, 머위무침을 좋아하고 장아
찌와 마늘종과 깻잎절임과 감자볶음과 버섯볶음을 좋아한
다. 배춧국, 뭇국을 좋아하고 강된장을, 데친 호박잎에 싸
서 먹는 것을 좋아하고 또 깨끗한 가난을 떠올려주는, 비계
를 넣고 끓인 비지와 산성을 중화시키는 알칼리성을 함유
하여 소화와 이뇨 작용의 효과가 좋은 토란국을 좋아한다.

그 밖에 나는 붕어찜을, 데친 호박잎에 싸서 먹는 것과 구운 김을 조선간장에 찍어 먹는 것과 된장을 풀어 민물새우에 애호박을 썰어 넣고 끓인 민물새우탕을 혀가 얼얼하도록 떠먹는 것을 좋아한다.

이러한 중에 시래기를 적당한 길이로 썰어서 된장을 걸러 붓고 쌀을 넣어 쑨 시래기죽과 시래기에 쇠고기, 된장, 두부 등을 넣고 끓인 시래기찌개와 시래기에 된장을 걸러 붓고 왕 멸치를 우려내 끓인 것으로 구수한 맛이 비위를 돋우는 시래깃국을 제일 좋아한다.

나는 한여름 밤 마당에 펼쳐놓은 멍석에 앉아 늦은 밥상 위에 올라온 물김치에 뜬 별빛을 수저로 떠먹는 것과 논둑을 타고 올라와, 따라놓은 막걸리 사발에 덤벙덤벙 뛰어든 노란 개구리울음 방울들을 손가락으로 휘저어 목젖이 꿈틀대도록 벌컥벌컥 마시기를 좋아한다.

• 안도현의 시 「무밥」에서 빌려옴.

노란 참외들

노란 참외들이 참외들로만 보이지 않는다

노란 참외들이 차돌처럼 단단한 주먹들로 보인다

노란 참외들이 노한 얼굴들로 보인다

참외들을 보고 있으면 두 손이 절로 쥐어지고

고막이 얼얼하도록 우렁찬 함성 소리 들려온다

노란 참외들이 노랗게 외치고 있다

우리는 참외가 아니다

우리는 베어 물면 으깨어지는 참외가 아니다

헛소리하는 이마를 향해 날아가는 분노다

장엄한 촛불이여, 명예혁명의 교과서여!

촛불은 비상하는 노고지리다

촛불은 풀잎이다

촛불은 꽃이다

촛불은 별이다

촛불은 첫눈이다

촛불은 고해성사다

촛불은 절벽을 뛰어내리는 폭포다

촛불은 피다

촛불은 묵은 땅 갈아엎는 쟁기다

촛불은 새로이 역사를 쓰는 백만 천만 자루의 붓이다

잡초들

한강 산책로 잡풀들은 영하의 날씨에 맵찬 바람에도 표정을 일그러뜨리지 않는다. 이름 없이 사는 유령 같은 잡풀들은 봄이 오는 게 두렵다. 경칩 우수 지나 봄볕이 늘면 잡풀들은 이주해온 봄꽃들에게 살던 터를 내줘야 한다. 한강로 잡풀들은 그래서 악착같이 회색 겨울을 부둥켜안고 겨울을 난다.

중력

죽음이란 땅의 중력에 순응하는 것이다.
나이가 들수록 허리가 굽어지는 것은 이 때문이다.

빙벽 타기

올겨울엔 빙벽을 탈 거야

깎아지른 벼랑을 타면

마음은 수평으로 그윽하고 고요해지지

명리나 유용을 위해서가 아니라

무위를 성취하기 위하여

목숨을 거는 일처럼 아름다운 일이 어디 있으랴

벽을 타며 벽과 하나가 되면

벽은 문이 되고

마음은 수평으로 가득 차고 순해진다네

길

—희망이란 것은 있다고도 할 수 없고 없다고도 할 수 없다. 그것은 마치 땅
  위의 길과 같다. 본래 땅 위에는 길이 없었으나 걸어가는 사람이 많아지
  면 그게 곧 길이 된다.[*]

오래전 선생께서 걸어가신 길을 뒤따릅니다

이 길은 평평한 대로가 아니라 좁고 가파른 외길입니다

큰물 만나 끊어지기도 하고 걷다가 쓰러지기도 하는 길
입니다

한참을 걸어온 이가 되돌아가기도 하는 길입니다

떠들면서 걷는 길 아니라 골똘히 생각에 잠겨 걷는 길입
니다

저 혼자만의 안위보다 가난하고 서러운 이웃 걱정하며 걷는

세상에서 가장 의롭고 정의로운 길입니다

어제도 오늘도 행인 드물어 외롭지만

내일은 많은 이들 함께 걸어가는 길을 꿈꾸는 길입니다

* 루신의 단편 「고향」에서의 마지막 구절.

고요와 견성의 미학

홍용희(문학평론가)

내 유년기 장마철 기억은 지금도 강렬하다. 밤새 장대비가 내린 날 마을 앞 강은 황토물이 우렁찬 굉음을 내며 마을을 집어삼킬 듯이 치달리곤 했다. 그것은 거대한 짐승이었다. 나무다리나 기울어져 가는 가옥들은 힘도 써보지 못한 채 쓸려갔다. 황토물은 큰 바위와 부딪치는 순간 하늘 위로 솟구치면서 더욱 난폭해졌다. 어른들도 그때는 난쟁이처럼 작고 약해보였다. 그러나 비가 그치고 얼마간 지나면 강물은 다시 온순해졌다. 강은 점차 거울처럼 맑고 잔잔해졌다. 강물 바닥의 조약돌 속으로 송사리 떼가 부끄럽다는 듯 숨곤 했다. 무섭게 범람하던 흙탕물을 다시 평온하게 만든 힘은 무엇이었을까?

노자는 『도덕경』 15장에서 말한다. "누가 흐린 것과 어울리면서 고요함으로 그것을 천천히 맑게 해줄 수 있으며, 누가 가만히 있으면서 움직임으로써 그것을 천천히 생겨나게 하겠느냐?"(孰能濁以靜之徐淸, 孰能安以久動之徐生) 노자는 물음의 형식을 통해 물의 혼탁함(세속)을 가라앉게 하는 것은 고요라는 것이며, 하지 않으면서도 하지 않음이 없어 온갖 만물을 생성시키는 것도 고요라는 것을 강조한다. 이때, 고요(靜)는 도道이며 무위無爲이다. 내 유년기의 난폭한 강물을 평온하게 달랜 힘은 무위無爲의 고요였던 것이다.

무위의 기적 같은 염력은 자연현상뿐만이 아니라 인간 삶의 역사에서도 동일하게 작동한다. 특히 민중적 변혁의 역동성은 인위적 조직이 아니라 무위의 운행에 따라 자기조직화한다. 이러한 민중의 자기조직화에 대해 1980년대 중반 젊은 김지하의 다음과 같은 논의는 새삼 밝게 들려온다.

> 민중의 삶이란 생명의 본디 성품, 즉 본성에 따른 삶입니다. 자유롭고 통일적이며 창조적이고 순환적인 삶이면서 공동체적인, 그리고 처음도 끝도 없는, 무변광대한 우주적인 생명의 경험 전체를 말합니다. (…중략…) 민중의 삶에는 중심적 전체가 있습니다. 중심적 전체라는 것은 삶의 모든 개별적인 가치들을 통일하고 수렴하는 가치의 핵심을 말합니다. 민중적 삶의 중심적 전체는 한마디로 말씀드리면 활동하는 무無라고 부를 수 있겠습니다. 즉 활동하는 '자유'올시다. 끊임없이 창조적으로 활동하는 텅 빈 무, 텅 비어 있음으로써 오히려 신선하고 근원적인 창조적 생명을 띔뛰게 하는 그러한 자유가 바로 민중적 삶의 중심적 전체―곧 민중적 삶을 통일하고 해방시키며 그 본디 성품을 끊임없이 성취시키는 〈최고선〉입니다. (「민중문학의 형식 문제」, 1985.3.6)

민중적 삶을 통일하고 해방하고 성취시키는 전체의 동력이 조직 논리가 아니라 제각기의 창조적인 자유의지라는 것이다. 일하는 민중의 삶이란 생명의 본디 성품에 가장 가깝다는 것, 민중적 삶의 전체적 중심은 활동하는 무라는 점을 설파하고 있다. 이때 "활동하는 무"는 바로 무위의 힘에 상응한다.

지난겨울 이 땅의 새 역사를 불러온 광화문의 촛불 바다 역시 이러한 "활동하는 무", 즉 무위의 원리에 따른 역동적 장이라고 할 것이다. 자발적으로 다양하게 표출하는 민중의 힘은 무위의 원리에 따라 스스로 자기조직화하는 자연현상과 같은 것이다. 마침, 이재무는 이번 시집에서 "촛불"에 대해 다음과 같이 증언하고 있다.

촛불은 비상하는 노고지리다

촛불은 풀잎이다

촛불은 꽃이다

촛불은 별이다

촛불은 첫눈이다

촛불은 고해성사다
　　　　—「장엄한 촛불이여, 명예혁명의 교과서여!」 부분

"촛불"은 스스로 "촛불"이다. 노자가 '무위이화無爲而化'라고 했던가? 다스리지 않으면서 다스리는 것, 고대 이상 정치의 비밀인 '나는 아무것도 하지 않는데 백성이 스스로 정치를 다 한다'(我無爲而民自化)는 것에 상응하는 현상이 촛불 광장이다. 여기에는 어떤 중심도 주변도 없다. 지도자나 조직의 통어도 없다. 끊임없이 창조적으로 활동하는 텅 빈 중심, 텅 비어 있음으로써 오히려 신선하고 근원적인 창조적 생명을 띔뛰게 하는 그러한 자유의지가 바로 "촛불"을 이끈 동력이다. "촛불"은 스스로 존재하는 자연현상 그 자체이다. 그래서 "촛불"이란 "노고지리"이고 "풀잎"이고 "꽃"이고 "별"에 다름 아니다. "촛불"이 배를 띄우기도 하지만 배를 엎어버리기도 하는(水則載舟 水則覆舟), 천지불인天地不仁의 엄정한 이치를 실현할 수 있었던 것 역시 이러한 무위의 자연현상이기 때문이다.

그렇다면 이와 같이 자연의 운행원리에 상응하는 무위의 질서와 힘을 제대로 직시하고 발견할 수 있는 방법은 무엇일까? 그것은 스스로 고요함을 지키는 것이다. 노자는 이에 대해 고졸한 어조로 말한다. 고요함을 지키고 허를 지키면 만물이 번성하고 그것이 본모습으로 돌아가는 것을 본다(致虛極 守靜篤 萬物竝作 吾以觀復). 고요의 현묘한 존재성의 강조이다. 이재무의 시세계의 중심음은 이러한 "고요"이다. 그는 이번 시집에서 직접 다음과 같이 전언한다. "고요는 힘이 세다".

　　고요는 힘이 세다 고요를 당해낼 자는 아무도 없다. 제

주장을 하지 않아 늘 소음에 시달리고 주눅 들고 내몰리는
것 같지만 고요가 패배한 적은 없다. 제풀에 지쳐 소음이
나뒹굴 때 공간을 차지하는 것은 고요다. 고요는 사라지지
않는다. 보아라, 고요가 울울창창 우거진 세계를!

—「고요는 힘이 세다」 전문

"고요"만큼 존재감이 약한 것이 있을까? "고요"는 "제 주
장을 하지 않아 늘 소음에 시달리고 주눅 들고 내몰"린다. 그
러나 "고요"는 결코 지치거나 "패배"하지 않는다. 결국 "공간
을 차지하는 것은 고요다". 세상의 주인은 "소음"이 아니라
"고요"이다. 그러나 "고요"의 존재성은 없음으로 있음을 증
명한다. "공중엔 삼림처럼 빽빽하게 정적이 우거지고 있"(「우
거지다」)지만 이를 자각적으로 인식하지 못할 뿐이다. 고요는
활동하지만 무로 존재하기 때문이다. "소쩍새가 울고 난 뒤
벌레 먹은 풋감이 떨어"(「고요」)지는 "소음"을 통해 "고요"의 존
재성은 자각된다. "고요"란 "소음"의 반대가 아니라 "소음"의
출발과 회귀의 근원이다.

따라서 "고요"를 응시하는 것은 우주의 실체를 응시하
고 감지하는 것이다. 실제로 지금까지 이재무 시세계의 주
조는 드러난 "소음"보다 드러나지 않는 "고요"에 대한 견성
에 집중해왔다. 그는 "고요"에 대한 감지를 통해 만물의 본
모습과 세상사의 이치를 관찰하고 터득하는 미의식을 추구
해 온 것이다.

이러한 특성은 기본적으로 그의 시적 삶이 농경적 상상력

에 뿌리를 두고 있다는 점과 무관하지 않아 보인다. 그의 시세계의 소재나 비유에는 농촌의 정서와 자연물이 지배적으로 등장한다. 그의 시적 삶의 체질이 산업적 인간형의 일회적 시간성이 아니라 농업적 인간형의 계절적 시간성에 가깝다. 특히 계절적 시간성은 만상의 출발과 회귀의 근원인 겨울의 고요가 기준점을 이룬다. 그래서 그의 시적 삶은 비교적 낮고 느리고 깊은 시간성을 호흡한다. "고요"는 "소음"처럼 일회적인 출몰의 대상이 아니라 그 근원이며 바탕이기 때문이다.

이러한 시적 성향은 그의 시세계에서 생태시편이나 결 고운 연시의 경우만이 아니라 초기의 민중시편에서도 근원 동일성을 이룬다. 그의 시적 삶은 민중의 억압과 변혁의 선명성을 경쟁하던 시대에도 금속성의 날카로운 구호보다는 대지적 비애와 생명의 감응을 추구하였다. 그래서 그의 민중시편에는 격정의 증오보다는 슬픈 해학을, 적나라한 고발보다는 비극적 탄식과 인간적 정감을 자주 만날 수 있었다. 이를테면, 그의 제4시집 『몸에 피는 꽃』에 있는 다음과 같은 시편은 이러한 그의 민중적 서정의 미의식을 보여주었던 경우이다.

감나무 저도 소식이 궁금한 것이다
그러기에 사립 쪽으로는 가지도 더 뻗고
가을이면 그렁그렁 매달아 놓은
붉은 눈물
바람결에 흔들려도 보는 것이다
저를 이곳에 뿌리박게 해놓고

주인은 삼십 년을 살다가

도망 기차를 탄 것이

그새 십오 년인데……

감나무 저도 안부가 그리운 것이다

그러기에 봄이면 새순도

담장 너머 쪽부터 내밀어 틔워보는 것이다

—「감나무」 전문

　"감나무"의 내적 삶의 연대기에 대한 기록이다. 감나무
의 45년 동안의 내력이 묘사되고 있다. 깊은 시간을 공명하
는 응시와 발견의 감각이다. "감나무"의 사연은 "저를 이곳
에 뿌리박게" 한 "주인"과의 관계성 속에서 형성된다. "감나
무"의 "가지"는 "사립 쪽으로" 더 뻗어 있다. 그것은 "감나무"
의 "삼십 년을 살다가/ 도망 기차를 탄 것이/ 그새 십오 년"
이 되는 "주인"의 "소식"이 궁금한 탓이다. "가을이면" 감나
무는 "붉은 눈물"을 "그렁그렁 매달아 놓"는다. 가을날 붉게
물든 감나무 잎 역시 주인에 대한 간절한 그리움의 표현이었
던 것이다. "감나무"는 "주인"과의 관계성의 상형문자이다.
"사립 쪽으로" "가지도 더 뻗고" "새순도/ 담장 너머 쪽부터
내밀어 틔"우는 것이 모두 곡진한 사연의 감각화이다. 궁핍
하고 애잔한 신산고초의 오랜 세월이 감나무의 표정이다.
　이재무의 이와 같은 정서적 깊이와 울림을 감각화하는 유
장한 시간 리듬은 사물에 대한 응시의 미적 방법론에서도 적
용된다. 이를테면, 그의 대표작의 하나로 널리 알려진 『몸

에 피는 꽃』에 수록된 다음 시편을 다시 읽어보기로 하자.

> 갓 지어낼 적엔
>
> 서로가 서로에게
>
> 끈적이던 사랑이더니
>
> 평등이더니
>
> 찬밥되어 물에 말리니
>
> 서로 흩어져서 끈기도 잃고
>
> 제 몸만 불리는구나
>
> ―「밥알」 전문

"밥알"에 대한 오랜 응시가 마침내 발견의 미의식을 불러온다. "갓 지어"낸 밥이 "찬밥"이 되어 "물에 말리"면서 흩어지기까지의 일련의 과정이 하나의 시간 주기 속에서 관찰되고 있다. "찬밥되어 물에 말리"면서 "서로 흩어"지게 되자 "밥알"은 "사랑"과 "평등"을 잃고 "제 몸만 불리"게 된다. 뜨거웠을 때와 식었을 때의 극명한 차이가 어찌 "밥"의 경우뿐이겠는가. 사랑, 명예, 권력, 우정, 재력 등의 모든 세상사가 다르지 않을 것이다. 뜨거움 이후의 차가움을 겪어보아야 그 본성이 제대로 드러난다. 오랜 응시를 통해 발견에 이르는 유장한 시간 리듬이 표나게 드러나는 경우이다.

한편, 이재무의 이와 같이 내면화된 "천천히 걷는 법과 느리게 살 줄 아는"(「오르막길」) 시적 삶은 특히 이번 시집에서 "눈 코 입과는 달리" 스스로를 "주장하지 않으며" "차별"

과 "분별"을 두지 않고 "고저장단의 소리를 소리 없이 실어 나르"는 "귀"(「귀」)의 상상력으로 집중되는 면모를 보인다. 그래서 그의 시세계는 어느 때보다 자아를 내려놓은 무위의 감성과 감각이 주조를 이룬다. 타동사가 아니라 자동사를 지향하는 것이다. 다음 시편은 이러한 진경을 구체적으로 감각화하고 있다.

> 나뭇가지 이파리들은 바람이 와서 저를 흔들어대는 것
> 이 싫지 않은 모양이다 물리지도 않는지 바람이 흔들 때마
> 다 이파리들은 자지러지게 몸을 흔들며 웃는 것이다 바람
> 과 이파리들은 저 짓을 만 년 전부터 해오고 있다 나는 저
> 들의 무구한 놀이를 사람에게서 본 적이 있는데 갓 태어난
> 아이의 배냇짓이 꼭 그러하였다
>
> —「배냇짓」 전문

시상의 흐름이 관찰과 자각의 순서로 전개되고 있다. "나뭇가지 이파리들"을 가만히 응시한다. "바람이 와서 흔들어대"고 "이파리들은 자지러지게 몸을 흔"든다. 같은 몸짓을 "물리지도 않"는지 반복한다. 이미 "만 년 전부터 해오고" 있는 "무구한 놀이"이다. 시작도 끝도 없는 영원한 우주의 춤이다. 바람과 이파리의 "무구한 놀이"에 사람도 동참할 때가 있다. "아이의 배냇짓"이 그것이다. "아이의 배냇짓"은 우주율 그 자체이다. 작위적이지 않는, 하지 않음의 함, 즉 무위無爲의 위爲인 것이다. 그러나 점차 사람은 우주적 리듬에서 이

탈한다. 자기중심주의에 빠지면서 우주적 자아의 본모습을 잃게 된다는 것이다. 자신을 내려놓으면서 자신의 근원으로 돌아갈 수 있다는 일깨움이다. 한편, 이러한 "배냇짓"은 "뒤적이다"와 동일성을 지닌다. "뒤적이"는 것 역시 자기애의 내려놓음, 자아의 망각에서 일어나기 때문이다.

> 망각에 익숙해진 나이
> 뒤적이는 일이 자주 생긴다
> 책을 읽어가다가 지나온 페이지를 뒤적이고
> 잃어버린 물건 때문에
> 거듭 동선을 뒤적이고
> 외출복이 마땅치 않아 옷장을 뒤적인다
> 바람이 풀잎을 뒤적이는 것을 보다가
> 햇살이 이파리를 뒤적이는 것을 보다가
> 달빛이 강물을 뒤적이는 것을 보다가
> 지난 사랑을 몰래 뒤적이기도 한다
> 뒤적인다는 것은
> 내 안에 너를 깊이 새겼다는 것
> 어제를 뒤적이는 일이 많은 자는
> 오늘 울고 있는 사람이다
> 새가 공중을 뒤적이며 날고 있다
>
> ─「뒤적이다」 전문

"뒤적이다"는 자동사이다. 자의식의 통제 이전에 스스로 반응하는 내재적 움직임이다. "망각에 익숙해"지면서 근원적 자아가 소생하고 있다. "망각"이란 자의식의 비움, 즉 허虛와 공空의 세계로 돌아감을 가리킨다. 자신을 비움으로써 자연의 율동에 동참하게 된다. 그래서 "망각에 익숙해진 나이"가 되면서 "바람이 풀잎을 뒤적이"고 "햇살이 이파리를 뒤적이"고 "달빛이 강물을 뒤적이는" 행위를 어느새 자신도 반복하고 있다. "망각"이 상실이 아니라 본래의 자아의 회복이라는 점을 흥미롭게 일깨우고 있다. 다음 시편의 "엎지르다"는 이와 같은 본래의 근원적 자아가 일상성의 틈새로 드러나는 경우이다.

저녁을 먹다가 국그릇을 엎질렀다
남방에 튀어 오른 얼룩을
수세미에 세제를 묻혀
박박 문질러 닦다가
문득 지난날들이 떠올려졌다

살구꽃 흐드러진 봄날
네게 엎지른 감정,
울음이 붉게 타는 늦가을
나를 엎지른 부끄럼
시간을 엎지르며 나는 살아왔네
물에 젖었다 마른 갱지처럼
부어오른 생활의 얼룩들

—「엎지르다」 전문

"엎지르다"에는 의도의 자의식이 없다. 의도적으로 엎지른 것은 이미 엎지른 것이 아니다. "엎지르다"는 앞에서의 "배냇짓"과 "뒤적이다"와 같이 작위가 아니라 무위이다. 저절로 그러하니 그러한 자연스러움인 것이다. "살구꽃 흐드러진 봄날/ 네게 엎지른 감정,/ 울음이 붉게 타는 늦가을/ 나를 엎지른 부끄럼" 등은 모두 "엎지른"을 매개로 하면서 나타나는 자연발생적인 반응이라는 점이 강조된다. "시간" 또한 "엎지르다"의 대상으로 등장하고 있다. "시간을 엎지르며 나는 살아왔네". 내가 살아온 인생의 근간 역시 작위가 아니라 무위였던 것이다. 따라서 "물에 젖었다 마른 갱지처럼/ 부어오른 생활의 얼룩들" 역시 "엎지른" 무위의 산물이지 의도적인 기획의 그것은 아니다.

여기에 이르면, 이재무의 시세계는 삶의 다채로운 현상들을 통해 그 근원의 이치를 직시하는 데 집중하고 있음을 좀 더 분명하게 알 수 있다. 그는 가시적인 세계를 규정하는 비가시적인 세계, 변화하는 일상을 규정하는 변화하지 않는 세계의 존재 원리이며 힘으로서 무위의 이치를 발견하고 노래하고 있는 것이다.

특히, 그의 이러한 자연현상의 근원에 대한 직시는 점차 자신과 세계의 내적 본질과 실체에 대한 형이상학적 통찰로 나아간다. 삶의 우주적 본질에 대한 견성의 미학을 지향하고 있는 것이다.

기도란 무릎 꿇고 두 손 모아 하늘의 소리를 듣는 것이

아니라 바람 부는 벌판에 서서 내 안에서 들려오는 내 음
성을 듣는 것이다

—「기도」 전문

인간은 "기도"를 통해 절대자와 만난다. "기도"는 거룩한
성현의 시공간이다. 그러나 시적 화자는 "기도란" "하늘의 소
리를 듣는 것이 아니라" "내 안에서 들려오는 내 음성을 듣는
것"이라고 말한다. 이렇게 보면, 절대자는 외적 대상이 아니
라 시적 화자 자신이 된다. 절대자는 밖이 아니라 "내 안에"
살고 있었던 것이다. 그렇다면, 절대자가 "내 안"에서 존재
하는 양상과 방법은 무엇일까? 이러한 물음 앞에 다음 시편
이 놓인다. "앞산"과 "하늘"이 저쪽이 아니라 "내 안에" 있다.

소가 눈 들어 앞산을 바라보니

앞산이 호수에 잠긴다

눈 들어 하늘을 바라보니

구름이 잠긴다

소가 끔벅, 하고 눈을 감았다 뜨니

산이 눈을 빠져나오고

소가 또 끔벅, 하고 눈을 감았다 뜨니

구름이 빠져나온다

소는 느리게 걸어 다니는 호수를 가지고 있다
—「걸어 다니는 호수」 전문

"소가 눈 들어 앞산을 바라보"고 "하늘을" 보면 "소"의 "눈" 속에 산과 하늘이 살게 된다. "소가 끔벅, 하고 눈을 감았다 뜨니" "산"과 "구름"이 "빠져나온다." 산과 하늘이 "소" 안에 살고 "소" 안에서 나온다. 물론 이것은 "소는 느리게 걸어 다니는 호수를 가지고 있"기 때문이다. 하염없이 맑고 큰 "눈"이 그것이다. 그러나 이것은 현상적 해석이다. 실제로 "소"는 "산/하늘/구름"과 유기적인 연관성을 지닌 한 몸이다. "산/하늘/구름"과 상호 의존적 관계성 속에서 "소"의 삶의 존재성이 가능하기 때문이다. '중중제망重重製網'의 인과적 관계성이 모든 존재의 실체이며 가능태의 본질이기 때문이다. 이를테면, 모든 삼라만상은 둥근 인연 속에 서로서로 연결되고 투영되는 인드라망의 연기법에 조응한다. 다음 시편은 이를 생활 감각 속에서 매우 흥미롭게 노래하고 있다.

지하철 전동차에서 날마다 만나는 낯익은 듯 낯선 이들이여, 한 시절을 흔들리며 네 앉은 자리 내 앉고 내 앉은 자리 네 앉고 또 너 서 있던 자리 내 서 있고 내 서 있던 자리

너 서서 가는, 한 세월 동안 네 날숨 내 들숨 되고 내 날숨
네 들숨 되는, 가만히 눈 들면 네 눈 속에 내 얼굴 들어 있고
내 눈 속에 네 얼굴 들어 있는 우리는 서로가 서로에게 눈부
처가 아니냐 생각하면, 생각하면, 생각을 하면!

　　　　　　　　　　　　　　　　—「눈부처」 전문

　반복되는 일상적 삶의 회로망이 서로서로를 연결시키고
비추는 상생의 인드라망이다. "지하철 전동차에서 날마다
만나는 낯익은 듯 낯선 이들"이 사실은 서로 순환하고 소통
하고 생성하는 생활과 생명의 공동체이다. "네 앉은 자리
내 앉고 내 앉은 자리 네 앉고 또 너 서 있던 자리 내 서 있
고 내 서 있던 자리 너 서서 가"고 "네 날숨 내 들숨 되고 내
날숨 네 들숨 되"고 "네 눈 속에 내 얼굴 들어 있고 내 눈 속
에 네 얼굴 들어 있"지 않은가. 둥근 인드라망의 구슬 속에
서로서로의 모습이 투영되고 반사되어 유기적인 총체를 이
룬 형국이다. 영원에서 영원 너머에 이르기까지 총체적 관
계 속에 끊임없이 생성 변화의 삶을 살아가고 있는 것이 우
리들의 본모습이다.
　그래서 "우리는 서로가 서로에게 눈부처"이다. 서로가 서
로의 존재를 가능하게 하는 상호의존적 대상이다. 우주만
물이 한 몸이고 한 생명이라고 하지 않을 수 없다. "생각하
면, 생각하면, 생각을 하면!". 통사 구문의 반복은 깨달음
의 울림을 극대화한다.
　이와 같은 화엄적 인드라망의 인식이 다음 시편에서는 이

재무 특유의 해학적 어조를 통해 감각화되고 있다.

> 얼마나 많은 몸뚱어리를 다녀온 면수건인가
> 누군가의 사타구니와 겨드랑이와 등짝과 발바닥을
> 닦았을 면수건으로 머리를 털고 얼굴을 닦는다
> 내 사타구니와 겨드랑이와 등짝과 발바닥을
> 닦은 이 면수건으로 누군가는
> 지금의 나처럼 언젠가 머리를 털고 얼굴을 닦을 것이다
> ─「목욕탕 수건」부분

"목욕탕 수건"이 중중무진연기重重無盡緣起의 그물로 작동하고 있다. "누군가의 사타구니와 겨드랑이와 등짝과 발바닥을/ 닦았을 면수건"이 "내 사타구니와 겨드랑이와 등짝과 발바닥을" 닦고 있다. 서로가 인因이 되고 연緣이 되는 기적 같은 인과관계의 연기실상이 흥미롭고 실감 있게 펼쳐지고 있다. "닦고 나면 무참하게 버려지는 것들이/ 함부로 구겨진 채 통에 한가득 쌓여 있"다. 그러나 시적 화자는 여기에서 성스러운 내적 공동체의 이음새를 발견하고 있다.

그의 이러한 내밀한 삶의 관계성에 대한 직시의 극점은 "나무와 물고기"가 한 몸임을 통찰하는 경지이다.

> 건기가 오면 미처 빠져나가지 못한

> 물고기들 죽어 초목의 질 좋은 거름이 된다

순환으로 영생을 꿈꾸는 나무와 물고기들

불어오는 바람에 나뭇잎들 팔랑팔랑 나부낄 때마다

물고기들 은빛 비늘이 반짝인다
―「나무와 물고기」 부분

　시적 화자는 "순환과 영생"을 직시하고 있다. 죽어도 죽지 않는 영원한 삶의 현장이다. 초목의 "나뭇잎들"에서 "물고기들 은빛 비늘이 반짝"이고 있지 않은가. "초목의 질 좋은 거름"이 된 "물고기들"이 "나뭇잎"이 되어 나부끼고 있는 것이다. "나무"가 "물고기"이고 "물고기"가 "나무"이다.
　이재무의 고요와 견성의 시학이 여기에 이르면 우주적 존재론에 대한 통찰로 다가서고 있음을 알 수 있다. "새로 떠오른 햇살에/ 젖은 몸 털고 있는" 또 다른 "발자국"(「아침 산책」)은 무엇의 신생일까? "나뭇잎 지나간 자리"에 "허공을 찢어"(「허공」) 피는 꽃은 무엇이 어디에서 온 것일까? 앞으로 이재무의 시적 삶은 이러한 질문에 대한 견성을 노래할 것으로 보인다. 그의 스스로 고요함을 지키며 고요를 응시하는 시선이 점차 현재적 삶의 존재원리와 관계성을 넘어 영원과 찰나, 성과 속, 이것과 저것의 "순환과 영생"의 직시로 다가서고 있기 때문이다.